一重山有一重山的错落

落尘白 著

南京出版传媒集团
南京出版社

图书在版编目（CIP）数据

一重山有一重山的错落 / 落尘白著. -- 南京：南京出版社，2025．5. -- ISBN 978-7-5533-5376-0

Ⅰ．I217.2

中国国家版本馆CIP数据核字第2025LL9456号

书　　名	一重山有一重山的错落
作　　者	落尘白
出版发行	南京出版传媒集团
	南 京 出 版 社
社　　址	南京市玄武区太平门街53号
邮　　编	210016
联系电话	025-83283873、83283864（营销）　025-83112257（编务）

策划统筹	包敬静
责任编辑	陈　晓
装帧设计	陈　晓
插画设计	肥猫天使
字体设计	褚逸宁
责任印制	杨福彬

排　　版	南京新华丰制版有限公司
印　　刷	南京爱德印刷有限公司
开　　本	889毫米×1194毫米　1/32
印　　张	7.625
字　　数	134千
版　　次	2025年6月第1版
印　　次	2025年9月第4次印刷
书　　号	ISBN 978-7-5533-5376-0
定　　价	52.00元

谨以此书致敬
我年少时期的光风霁月

那时你年轻热烈　风华正茂
意气正当时
有着一生中最炽烈的好胆与灵魂
你发誓说
这一辈子都要做一个葱蔚洇润的人

目录

橙 / 春踱步

雨敲门
风抱绿
我的春天就在门外踱步着
我要赶来爱我自己了

看镜头呀

他们说，
一双眼睛就是一部相机，
所以我想，
虚化所有的人群，
聚焦你。

蒹葭

如果可以，

我要寄给你一封信，

信里藏着一块缺了角的月亮，

和一个独独久望的悲哀。

你或许不会在意，早已忘了拆，

没事，这我都不怪，

怪就怪在，

落在花海的蒹葭没处开。

凑近些

你要知道，在这千百年前，
早早便降过一场凛冽。
那时雪沐青松，叶落云闲，
子时长明俯照一眼，便留浪漫在此长眠。
而后古人诵章吟词，又藏于诗经某篇，
如今我取出一阕，
不送南风，也不昭明月，
只淋在你的面前。

一瓢饮

想在桃李花下的朝代，
斟满一壶明月。
不敬歌酒，不敬云台，
不敬长街喧哗，萋萋万籁，
更不敬那唯一不染的白。
我知命钟难摆，冬雪如盖，
于是天下熙攘压山探海，
我只要你举杯，
向我走来。

如此

我也轻船游过江南，

也与山野烹茶，对杯交盏，

更听过竹林簪雨，飒踏青石板。

所以难免我性情寡淡，

可看你时，

却也想着，

就爱你爱到这万籁也为之厌烦。

大抵你是昨夜东风浩然，

喧哗了我这座青山。

不落俗

他说，

他想种下一簇花，

就开在这钢筋水泥的大厦，

和街道的喧哗，

开在时间面前的一路风雪交加。

他说，他要给你看的，

是他生命里，

一首永不落俗的《蒹葭》。

你笑起来真像个好天气

想再一次看见你的笑脸，
就像，
在江南的梅雨季里，
看见白日晴天。

使人愁

是昨夜风声偷走诗经几行，

措成你的惊鸿一相，

从此心中潮水初涨，梦入湘江。

我本不爱看月亮，

却会因你而开窗。

第三种绝色

待到新雪融尽，

疏云与皓夜将彼此扣紧，

辗转着群星。

你我山野为邻，促坐在火炉旁，

折下一枝白梅，

看你眼睛，

月亮不过一抹亮银。

扶桑

世界安静，

而你来时却暴雨狂风，

所有的扶桑都娇羞着脸红，

我又怎能不动容？

早就

难怪，

还未等到春风沾酒，

桃花就忍不住地落在你的肩头。

原来，

爱在开口前，

就已经是覆水难收。

前世

那时，我还是一处山泽，

而你是敛翅在闲野的云鹤。

所以每当有风袭来，

这样动情的我，

都会在你的生命里，

荡起漫山遍野的绿波。

月真容

若想坐在一起，就坐在一起。

此刻，

星辰是仲夏夜的莲心，

苍穹好比偌大池塘。

"所以呢？"

"所以月亮只是池中倒影，真容是你的眼睛。"

借口

明知你我太过遥远，
却要怪诗经心不在焉，
是风声敲窗挑拨离间，
还是油灯点火辗转难眠，
我都想寡衫单衣，
前去你的庭院。
今夜，
思念首次告捷。
月球最后一轮通牒，
是你的双眼。

滤镜

你说，

你是雨后车辙压过的水洼，

可在我眼里，

你是陆地激起的浪花。

假借

大雪频敲门扉，
不料想，却见你眼波横翠，
既知你与春天齐眉，
我便想假借桃花名义，
与你登对。

最美丽的风景

你的脸上没有任何妆点，
却在我眼前似水仙般亭亭。
难怪，
你站在我面前，
世上所有的好风景，
都稍逊于我的眼睛。

相映红

是东风不经意间见你一眼，
才引得万物，
不自禁地栽倒在春天。
等到雪融化在石板阶前，
桃花就晕红了你的脸。

真的不好意思开口啊

我并不足够勇敢，

心思也经不起推敲，

在你面前神情更是常欠周到。

看见你时，

我的举止偏爱投机取巧，

眼神却又不打自招，

众目昭彰下生怕你知道。

不过，你也别怪我太过胆小，

毕竟爱是天下昭昭，

却又止于言表。

造势

那日饮酒去登楼，

凑巧你窗户未关，

又恰是风起兴头。

千帆过尽时，

一众碧波攒动，

我独见你眸中水悠悠。

陪伴是最长情的告白

爱不是漂亮说辞后的一纸空文，
也不是一场心血来潮的吻。
爱是一扇无实体的门，
唯有时间，
可以叩问。

是我

你只是坐在湖岸，
风就显得格外拘谨。
难道，是我先动的情？
也不怪，
每次看你眼睛，
我都别无二心。

春见羞

春风摇橹荡开林波，
桃园灼灼其色。
三月穿水衔花而来，
却除你，无一这般解我眼中的渴。
究竟要如何形容这一刻，
又或是说，
百花丛中高朋满座，唯你是娇娥。

共婵娟

你推开窗户，

便有风拨开云雾。

今夜，

月亮是我写给你一个人的情书，

望向它时，

你的眼睛在替我读。

我只要你在身边

就这样决定走了，

归隐山林，喂马劈柴，搭篱浇菜，

往后彼此眼中，

你我宽，天地窄。

竹篱茅舍中，

不论何处只要你在，

无不近水楼台。

轮回

我始终相信，

这不是我们第一次相爱，

也不是宇宙第一次吐露浪漫情怀。

其实早在数亿年前，

时间就已经被玫瑰采摘，

命运也已开始它的第二十次告白，

就在七十万光年外，

我们相遇的同一片人海。

返青

门外风雪不停，
我只想沉入你的眼睛。
而当你的手，
向我的手靠近，
爱如山色，
在你我之间返青。

细无声

想在书里写诗，

却写成了你的名字。

是何时？

究竟是何时平添这一桩心事，

让你在心里川流不止。

原来，

爱是月亮融进水池，

彼此都不自知。

情愿

这么些年，

我屋内的炉火一直都还旺着，

你要是觉得冷了，

就来我这歇歇。

只要你还在下雪，

我就愿意陪你过冬天。

隐喻

不是读风读得晦涩，
是你的弦外之音太难懂了，
趁着今晚月亮还没落，
你还来得及爱我。

点化

凡在寺庙里埋过的誓言都成真，

你可知，

你手上这封情书，

前世，

也曾是莲花座下的一纸经文。

敲门

当一个人寂寞久了，
世界就会被反锁。
可又为什么，
在与你对视的那一刻，
我眼中山川本来静默，
却会因你泛起碧波。

特别

在一首绣满雪的情诗里，

你曾是莲，

写在纸上碧眉胭眼，

似被我放生过的那个夏天。

前身月

明月是你的前身。
而我写下的诗文，
也曾与你有过共振。

心思

在你眼底，我的确是一个平庸者，

看不见你的杨柳，望不进你的湖泊，

迎接我的只是一处高入云霄的雪山，与荒凉的大漠。

我是沉睡的星子，是插在秧田的稻禾，

是名画中迟早会被刷掉的底色。

就是这样的我，却在时刻想着，

究竟该如何落座，才可与你相顾对酌，

趁酒醉之时，

借着青山笔墨，荡开你心中万顷春色。

不顾身

有时也想翻山越岭去淋一场雨，

也想费尽心思，去落下一步险棋，

也想寡衫布褛，钝去锋利，

只带着一棵稗子的不怀好意，

就动身去你的无人北极。

也想孤身随马，抛下顾忌，抛下疑虑，

抛下二十载的杂念私心，

转身就跳进你的寒崖与断壁。

这千里路，万里急，

唯唯是你，

携月走过我的东风泽然地。

莫待无花空折枝

我从不是漫山的绿野，

而是惊起的一瞬春波。

只是那日你凑巧正经过，

我远远一眼，便开满一身婆娑。

倘若你知道，六月也有飞雪压过，

你会不会后悔说，

早逢春时便该折下我。

我一直在等你来

我心有无尽雪永不干枯,

而庭植常青树。

今夜你来,

远道迢递的风,

第一次将漫天皑皑相继倾覆。

这时,

我心口冰霜遮盖的青,

便不由自主地,想要破门而出。

真长明

是谁一个踉跄，
不小心就跌进你的眼睛，
才有幸，
窥见当代真长明。

完整朝夕

我的爱人，

如果离别太过残忍。

那就祝我们爱到日出至黄昏，

最后跟着月亮，

一起西沉。

爱是宿命

想起那年冬天，
你低头红着脸走在庭院，
恰巧我在你身边。
就好像，
爱是一场不可避免的雪，
而我刚好落在你的肩。

月还香

我走近你时月衣单薄，

青夏的荷叶上挂满了霜色。

一起风，池塘缱绻着莲香睡进清波，

就好像，万物都在替我说，

今夜月色难得，

所以你要不要爱我？

接天莲叶无穷碧

也不是总会泛起涟漪。
只是一想到你，
莲池的花叶便开了，
犹有无尽碧。

故意

爱在子夜三更醉倒，

不碰巧不碰巧，

是我假意酒盏，

跌入你怀抱。

眉风止

遇见你的时候，正逢夏至，

只觉得所有的风都来得刚刚好，

刚刚好地停在你的眉间。

于是，

我摇摇欲坠在你跟前，

仿佛一个梅子般的夏天。

想你了

月色皎皎在唐诗中被打捞，
心绪撩动着风将你窗外枝条惊扰。
是我无眠支起酒灶，
寄出千字相思而彻夜昭昭，
万籁俱寂时，
爱尤其喧闹。

世纪灾难

不知为何，

她就在一场平庸不过的黄昏，

从路的那头，淡然地走着，

踏过斑驳的树影，

路过些许行人的身侧，

便抵过一场逆旅和飞驰的惊心动魄。

于是这世界上所有的惊涛、风波与大火，

在和她对视的那一刻，

都不过，

不过一道浅浅的辙，

短暂地压过我。

演习

讲什么好呢？

就讲我上不了大场面的话，

和我的小心翼翼，讲我的虚伪浅薄，

身体里难以压制的滚石暴雨。

讲我一身烂泥，却想要你干干净净，

讲我对着风声，

和连夜雨，

演习了一万遍的我爱你。

木有枝

你向来自称平庸，

是这巍峨门庭等闲之众，

纵得风情万种，也难自容。

我行过你的淡雅青山，

也醉倒与你赤壁孤舟，

你似游云点水，虽乐也乐在其中，

却也从不开口说：

"你是我命里那座，怎么摆也摆不动的钟。"

没印错的错印

这世界上，太多人营词造句，
渴望用华丽来掩饰自己。
而我却想成为一首拙劣的诗，
只带上我的错字，
和韵律的分崩离析，
在一本小众的书里与你相遇，
然后由你，
来诠释我的全部意义。

迟早

其实爱从来不需要赶早，
再晚，时间也不会迟到。
就算万籁俱寂，风声寂寥，
也总会有明月挺进相思的波涛。

最想做的事情

我想奋不顾身地，

和你牵着手跑到最热闹的大街上。

披着教条，戴着行枷，

和你站在众目睽睽之下，

在人群的晦暗里，

相拥成一片火树银花。

惹相思

无人敲门，
却恍听有风挠窗。
怪不得，
当真怪不得镜子不够明亮，
是我忍不住想，
所以才对月洗妆。

原来你心悦的不是我

那日乘船赏景，
你打扮得好生秀丽，
可为什么，
我还未走近你的眼睛，
便已至湖心。

砚农

我是你案前唯一的砚农，
你用爱代替钱财，
将我一生笔砚雇用。
后来，
纸上墨雨词风笔下九万纵横，
诗海惊涛绘出文山万古青松，
我每一次的提笔耕种，
都是对你爱的认同。

难自禁

好奇怪，为何你站在我面前，

我会比你更加透彻。

你低频的声音，和我身体的板块共振着，

我的海域，我的群山，我的沙漠和沼泽，

都因跳动的脉搏，而崩裂撕扯。

难怪你看我一眼，

我就想转舵，

搁浅在你眼底的湖泊。

私奔

和我一起私奔吧。

离开大厦、铁轨，还有摩肩接踵的时间，

去山野的大风中呐喊，

在世界的最险地里相互沦陷，

带着漏字的情诗，越过所有的变迁。

最后飞到宇宙的最边界，

种下一大片花园，

开满我们数不清的明天。

满月

我与自己僵持到世界松懈，

才肯与眼底的大雪告别。

你是不是也曾一个人，

背负残缺走过很远？

走到星落云散，万物更迭，

走到灵魂荒芜，

又陡然结成亘古不融的冰野，

只为站在他的面前。

那时还不理解，为何，

爱似明月将歇，见谁却又能盈满一夜。

合时宜

那是我生命里最大的一次降雪，
全世界都白得铺天盖地，
直到我不合时宜地看见了你。
说实在的，
这并不是个好天气，
可你站在我眼里，
却是青翠欲滴。

真性情

你好于谈爱，

却始终不愿睁开眼睛，

只是用左半边的胸膛贴近我的耳朵，

让我好生地听一听。

罢了，

也就不追究你的木讷与冷清，

这心的啼鸣，

倒敬了你一杯真性情。

袒露

正因为我理解你的伤痛，

才会听清你话里的苦不堪言，

你不必去遮盖什么，

也无须为我饯别。

我深知，

在你高楼背后，

有着苟延残喘的废墟，

在心脏上，

有因为爱的干涸，

而生成的一道道皲裂，

你可以尽管下你的雪，我会拥抱你的冬天。

能把我写进诗里吗

不求岁岁长相见，

但要一个冬天，

要铺天的皑皑，先落满世界。

再等到你烹茶颂诗，

却明月息歇，

而我化作一簇梅花，

悬在你的庭前。

其实并不冷

泪泣时下雪，破碎时结冰，
在我身边，连太阳都难逃冷清。
可你却带着毛毯和棉衣，
向我靠近，又靠近。
你明知我眼里大雪扯天拽地，
却擎舟独往我湖心。

春别

人间是座空空花苑，

生长的皆是暮暮草野，

唯你是浪漫主义者手植的玫瑰田，

一盛开，

便惊了整个春天。

就是

哪怕道路拥挤，人流不息，
自打我第一次对上你的眼睛起，
你与世界的关系，
就不仅仅是比拟。

你和我

我总觉得，

这个世界人太多，

应该，

只有你和我。

听雨

如果你还没有计划，
我想带你去听雨，
听心跳溅起的水花，
听一切不合实际的声音，
伞都不愿打。
我想，对你说胡话。

捧场

我不要座无虚席的观众，
不要馥郁芳菲的鲜花，
又或是如潮如涌的掌声，
我只要你坐台下，
我就好过圆满一生。

春风真

我不信所有的触碰都转瞬，

不信一切的幸福背后都是一道窄门。

就算只是珠蕾，

我也要当作花来亲吻。

我要三月归还春天肉身，

我要赐予自己敢爱敢恨永生的灵魂。

春踱步

一个人坐在书桌前，欲写信给你，可笔悬在纸上好久，却是一言不发。

眼看着窗外的月亮亮得紧，在不知不觉中，又熬白了几个钟头。把墨研了再研，几番斟酌，才迟迟动笔。

灯火被风吹得也哀愁，纸一张张被揉皱，其实心绪远比字面更朦胧，情愫远比说出口更沉重。

短暂的犹豫里，时间也有着不可名状的漫长。在无数次的矛盾中写完，在端详中改过又改，却忽然不想寄给你了。于是起身，把这短短几行的三年，统统锁进旧抽屉里。

把钥匙藏在过去，如果自己不打开，任何人都不会去靠近。所以让那些从前的遗憾，就永远留在从前吧。在过去的尘事中融化，是失去本身的宿命，谁都不能凭借执念，再次让它结冰。

看向窗外，忽然想起今年春来得早些，溪边的桃花开得娇嫩。看时间还不算太晚，应早点睡去，明日折些花来，就插在床前，好做新梦。

在梦里，一个极寒的隆冬，一层敞开心扉的抽屉，一封被锁住数十年的情书被人拿来取暖而丢进火炉，在噙着红的灰烬中，有两行小字侥幸存活了下来。

纸面上泛着黑，字却端正而清晰可见：

"我的爱人，我已然不记得，这是写给你的第几封情书，可我的信箱却始终空着，所以这封，我不要再写给你了。雨敲门，风抱绿，我的春天就在外踱步着，我要赶来爱我自己了。"

生命是寄生在爱身上的

二〇二四年十一月二十一日，傍晚五点，我昏昏沉沉地从床上起来，窗外的黄昏让我望出了神，这让我想起一件事情，一件无关任何人但有关于爱的事情。

我爱你，并不是因为宾语是你，而把这句话神话得如此浪漫，主要是爱这个字本身具有一种不可抗拒的魔力，我可以将此称之为人类存活的真正奥义。就像很久之前我写过的，生命是寄生在爱身上的，而爱又有着多种分身，不仅仅是扮演着一种身份，例如亲情、友情、爱情，这都是以爱为载体所呈现的。你也好，他也好，又或是她，甚至是自己，无论爱着哪一方，这句话都这般有魔力地拥有着自己独特而令人沉醉的浪漫，就像亿万光年外的一颗星星，身处宇宙虚无的黑暗之中，无人知晓也无人在意，却在一个普通到不能再普通的黄昏蓝调之刻，被你所瞧见，而你又如此巧合地说了一句，这颗星星真漂亮。

　　总有人会瞧见你，或许在亿万光年外的无人知晓的任一时刻。

　　看着窗外，我心无所想，只是觉得此刻我该想着一个人，但是我脑袋空空，不知道想谁。

　　我爱谁？我喜欢谁？我不知道，像心的拼图空缺了一块，而人生的唯一命题就是找到这块拼图，找到你，又或是找到我自己。

　　我想，我应该很想你，但此刻我不知道我该想谁，但是我确定甚至肯定，在未来，我会在一个同样普通的蓝调时刻的黄昏，想着一个人。

　　那么此刻我想说，我想你了，可我不知道是谁，但是，是谁都好。

黄/梦蝶飞

在无人感知与察觉之时
青春正如烈火般熊熊燃烧
正悄无声息般焚成灰烬

无尽蓝

或许终有一日，
我会翻过那座不可逾越的山，
去看看那片，
你未来得及命名的海。
我不会同他人把酒言欢，
也不会登船远航领教波澜，
只闲散地坐在沙滩上，
与浮鸥、鱼群，在此沉耽。
我是行者止于岸，
你是蔚然无尽蓝。

再会了

还是喜欢写少年，

写春衫得意，歌踏飞燕，

写乱花生在草甸，摇风侧于山巅，

都不似他神奕半点。

写他酒纵诗鸿，盛气难敛，

哪怕落拓涉险，也不委曲求全。

一句再会，便诀别天下无穷远，

再看一眼，

青山才刚好爬上他的肩。

入梦来

看今日长风浪翻涌动，

又想起年少时，未曾攀上的高峰。

那时山路峻险，花断寒日，雪压青松，

偏偏是我贪心，

执意要在茫茫雪路，

留下一笔断鸿，

而她却在山外群峰几万重，

行踪终是空。

可能，

精卫填的不是海，

是我将晚未歇的青天梦。

反差

我倒也不算得贤才，

自然少了些词阙，

我是竹钉，是土芥，经由山巅与你的肩，

才跌入池中，枕着相思好得一眠。

偶尔也想寄一场冰世纪的河川，

千里旷野，

跋涉归途，

逆旅薄衫草和烟。

再后来，才浅浅发觉，

爱不是逛梅园，

爱是行在入冬南山前。

穿堂风

我还是擅长古道亭廊相逢，转眼珍重，

擅长快雨独舟寒江冷，鹤唳猿声，

擅长折空枝，擅长绘孤松，

擅长在一场爱里毫无胜筹，

却逞一时之勇。

再会了，

此行山凝路重千里横，

你是我的穿堂朗朗风。

保重

年少不识何为离别，

后来才知你来我往，

不过飞鸟停树尖，

自此君南我北不相接，终须有别。

这千里路远，万水山巅，

还请你务必走在横风骤雨前，

让所有的苦难，

都少你一步先。

反义词

只是人与人片面的接触，
都太过吝啬。
你能否透过人群，
去看清春日雪，静中波，
看清镜子背后，
反着的我。

雪后梅

想来，

还是悲伤比较深刻些。

其实，

梅花也就冷过一场雪，

却用自己的凋谢，

殉了整个冬天。

曾照彩云归

也想慵睡在从前，

无论周遭是滚雷还是闪电，

都只跟着一处风眼，

来追悼当时的明月。

悲远去

自此暌别，

我听疏雨凄切，

望青山悲远，

料其见我亦是哀怜。

起风了

我是站在迷雾里寻找伊甸的花，

今日小雨连连下，

愁思抵达，

风成造化。

替代

其实说来，

遗憾不会埋葬时间，

也没有一直盛开的明月，

但来日登堂大雪，

会有一簇梅花陪你圆。

镜花水月

我见你眉眼如柳风柘枝，
却迟迟走不进春日。
直到一枚枯叶打碎旧月池，
才恍觉，
我为你写下的诗里，
你只是昨夜镜花辞。

距离

你两袖一挥，

便甩开数十里的海，

而浪就在我身上扎了营。

回忆是水域里一尾失联的浪影，

任时间的鱼群怎样迫近，

都是在过去里游行。

安慰

只恨每一次的长夜，

风声都盖过表达，

而世上的苦难又太具生动化。

这贫瘠的人生，

要先眼睛落下雨，

脚下才可以生出花。

独弈

想起过去的难言和独白，

都是罄笔难书，

而哭出的泪，

也没有如约地流进谁的内陆。

日子声尽穷途，

却又留下哽咽的苦，

世界的城市星罗棋布，

你我都在和自己对弈孤独。

悲观主义

显然，

一个人还是缺少点浪漫。

所以我落寞的时候，

月亮会不会因为宇宙，

也感到孤单。

爱就是心疼

伞撑了许久，雨还是没有停。

而有时，

看着你那双流泪的眼睛，

我发觉，

自己也有着一颗跟着生锈的心。

放生

为什么现在想起从前豢养的悲伤，
你也只是沉默。
你的眼睛正上演一出哑剧，
在等你用泪送出浪波。

不说了

清晨和黄昏不会共振，

说再多，

也只是我的灵魂碰撞到你的肉身。

你又何必假意说困，

若爱正值深夜，

你我就都会是晚睡的人。

昨夜雪

想在临走之前，再见上你一眼。

几欲伸手，几欲叩门，

却发现，

旧冬早已离你太远太远。

我们说好了再也不见，

但昨夜还是来过雪，

只是湿在你的门前。

永恒的本质是失去

你不知道吧，
梧桐树上栖息的太阳也会落下，
爱和恨的篱笆也终会倒塌。
没有什么是永恒的，
那时你还未牵着瘦马，
以为时间也还在熟睡，
醒来竟已分道天涯。

孤独

一个人走过前半生的长途，

曾路过喧嚣市井，也涉猎过大山深处。

穿蓑隐于微茫细雨，

扶柳叩醒春日的湖，

来往行客擦肩无数，却无一人，

为彼此长久驻足。

我们都在人群的白昼里，

走着各自的夜路。

空留我

我深知自此没有以后，
知道山遥路远，
风会皱，信会丢，
知道我想要的是一轮好圆月，
和一场梨花样的厮守，
却到底，言辞也没有挽留。
而那夜巷口，
你再没有回头，
雪也就跟着下了一宿。

请不要为我们流泪

他日若春色满园，
而你我却遥遥相看。
不要为此落雪，
也不要因此感到孤单，
更不要这风颤起的浪漫。
你的眼下该是一片海，
而非两行缄默的蓝。

从此无心爱良夜

从你走之后，

我的确等了你许久。

等到西风垂暮，蒹葭白头，

还迟迟不肯罢休。

你不知道，

那次诀别之后，

明月就再未登楼，

而是永远留在了你的窗口。

入冬

只因你来时正逢冬天，

走后又惊醒了满池的莲。

从此，我生命中的每个七月都败谢，

白霜犹伏在我的眉间。

不再记得柳庭花宴，

只记得当时下在你我额前的雪，

我自己淋了一遍又一遍。

刻舟求剑

成长的道路雾雨连骤，

而所有的离别又太过悲风。

那时总觉得，

有些话还未开口，

故人便随时间轻舟，

行于岁月重山后。

如今回首往事，旧地重游，

才明白为何，

人生入海奔流走，因爱频频回头。

无用泪

有时候，

我也很想哭，

只是太过平静的眼泪，

荡漾不起你心里的湖。

缺少

你的脚下有淤泥，
你的头顶是一方云天，
可为什么你站在湖心，
却像一朵轻生的莲。

青春三行诗

（一）重点章节

岁月摊开稿本，

青春，

是时间抚不平的折痕。

（二）过期不候

你一身赶路人的行头，

大饮着青春这杯酒，

不知口中是淡还是浓。

（三）庄周梦蝶

十八岁如庄周在草地酣睡，

这场关于蝴蝶的美事，

会在梦醒时离飞。

五更寒

习惯在梦里生火，
人就是柴薪，
醒来都会烧成灰烬。

哑心鸟

我是一只哑了喉咙的知心鸟，

而你从未走进我的山林，

又怎能听见我的声音？

童年

他擅自将春沾满衣襟，

在极地上孕育出一整座森林。

他用一生来把身上的苍山染尽，

让背脊长出原野，让手臂托起春樱，

让世界所有的盎然在他面前都无所遁形。

可他却说：

"这辈子没生在爱的陆地上，到死都不算得青。"

复刻回忆

上次见你是在湖边，

风吹着淅淅沥沥的雨，

你细数这不够圆满的一生，

泪眼里，

却也憧憬着数十年后的光阴。

可你又怎么舍得留我一人？

你走后，

世界是一把琴，

只是再弹不出有关你的弦音。

赠离别

看今夜楚歌四面，离字当首别为先，

既无解，不若就端坐案前，

振词砌藻再续遗篇。

一次用典就是一场宴，

万物斗酒酣然，你我最为贪些，

妄与朝露共无眠，此夜注定壮烈。

还是说一切皆为重写，

无论峰回路转的现在还是从前，

古今意象却单单往你身上偏，

不怪这厥词长夜，我无诗兑现，

原是这车水马龙的孤文，你独占下联。

罢了，既要长诀，便剖心泣血，

也不枉我捐弃前嫌向你纵身一跃，

就当这所有的了结，

是为了那块不再圆的月。

插画：肥猫天使

插画：肥猫天使

梦蝶飞

掀开梦的被褥，躺在时间的枕上，与过去同榻而眠。短暂地，再次窥见了那个令人永生都无法忘却的夏天。

可又有谁，能真正地抓住它呢？在梦里，你执拗如一只蝉子，栖在老树上，昂首在命运面前，顽固地对抗着，却怎么也唱不完整这个夏天。

没有人，任谁都无法真正抓住，越想抓住越模糊，虚幻般宛若海市蜃楼。越走近，离得越是遥远；越远离，反而看得越是真切。

不背离青春，就无法真正靠近青春；不失去青春，就无法真正拥有青春。青春的悲哀正在于此，在无人感知与察觉之时，正如烈火般熊熊燃烧，正悄无声息地焚成灰烬。

我比孤独更孤独，却比热闹更富足。

"当孤独点燃炊火，人沉默得像一处山野，
在那么深的夜里，山野寂静，却有炊音。"

在我很小的时候，我就知道，我并不是一个讨喜的人。因此陪伴我儿时的朋友很少，也不爱热闹，不喜欢在众目睽睽之下大胆地表达自己，也不懂得如何与自己说话。

听我母亲讲，在我几岁时，我也是个爱扎进热闹堆里的小孩，尤其是在逢年过节的时候，总爱戴着自己的虎头帽，蹒跚着不整齐的步子，在集市上叽里呱啦笑着跑着，她总怕我摔倒，却也拿我没辙。那时她说，我每天都跑在热闹里，是个被喜乐眷顾的孩子。

可这样的日子，竟慢慢地变成了一枚被时间磨钝的旧铜币，被当在了过去的典当行中，再也没有被我赎回来。

我真的记不太清是什么时候开始变得沉默的，可能是意识到自己并不讨喜的那一天吧，但那是哪一天呢？很多不好的事情都渐渐被我淡忘，再后来慢慢长大，转了学又搬离了老宅子，离开了熟悉的玩伴，连着村外那条淌着我儿时所有记忆的小河，也一同干涸在过去的内陆中。而当我醒然时，却发现那些记忆早已被抹上了一层霜花，我想过去靠近，去触摸，却感到一片冰冷的模糊。

我擅长遗忘，因此我并不是一个怀旧的人。长大后，过去那些不管好的坏的，我都不愿记得。这对我来说可以是一种天赋，也可以是一种诅咒。天赋是因为，它帮助我摆脱了痛苦，在这个时常不如意的人生中，让我更趋近于幸福，而诅咒是因为，在我选择摆脱痛苦的同时，我也忘记了从前的快乐，这意味着我可能永远无法完全抵达幸福。

其实一个人时，偶尔也会想起过去的事情。但我不愿再为此流泪了，因为我觉得，悲情的事从来不值得我付出第二次真心。而不愿流泪，泪就会从心里研成墨水，夜深人静时，再写在一张沉默上，写在今日里。

　　我记得在我十七岁初夏的一天，因为难过，我和朋友从小卖部买来许多酒，那时看过太多的武侠小说，以为悲伤来袭的时候，一醉真的可以解千愁。于是我们两个坐在海边，装着大人的模样一饮而下，可喝进嘴里又觉得味道苦涩，没到一半就吐在了旁边的沙子上。我心想，这爱喝酒的人是喜欢自虐吗？我实在不懂。后来一瓶都没喝完，就全扔进了垃圾桶，觉得既然愁绪咽不下去，那就丢掉好了，又何必跟着它一起欺负自己呢？

　　临近夜色，我和朋友道了别，却实在不愿回家，于是就在海边的椅子上坐了一夜。海风将脸吹得生疼，我感到有些耳鸣，我想起村上春树的那句："仿佛海风吹过生锈的铁丝网。"

　　那时我竟没发觉，原来灵魂潮湿的时候，身体也会生锈，心也会被氧化。

　　清晨是被赶海的大伯叫醒的，他问我为什么会在这里睡觉，也不怕感冒。我睁着还不清醒的眼睛笑着跟他说来这里看日出。但其实那片海是没有日出的，只有日落，现在才想起当时的谎话有多拙劣，但也没被好心人揭穿。看着眼前的海，一点点延伸到天边，再被一层层浪送回来，我突然感到未来好长好长，过去好远好远，我意识到，其实放不下的昨天永远会是今日，而幡然醒悟的今日才是一个涅槃的明天。

回家之前，我特意去看了一眼被我扔掉的酒还在不在，可怎么找也没找着，我想："看吧，总有人热衷于跟着坏情绪欺负自己。"但其实我不知道的是，人在快乐的时候，也喜欢喝酒。所以难过是什么呢？快乐又是什么呢？不过都是人心赋予的。

我常常想，成长到底是一条怎样的路，才会让我们情愿失去这么多的天真和春天，只为了笃定一个看似合群，实则孤僻的未来。

时间悲悯而仁慈，为我们留下许多过去的拓本作为记忆，可代价却是要我们背叛青春和天真。我不愿意这样，说什么我都不愿意背叛自己，背叛自己远比失去本身可怕得多。

所以上大学后，我决定改变自己，决定重新找回儿时的天真，我想告诉从前的自己，如今的我们也有破釜沉舟的勇气，也有背水一战的决心。

于是我开始驻足，开始爱上路边的花草，爱上小猫小狗，爱上蛋糕甜点和一切细小平淡却满是美好的事物。我开始被它们打动，开始因它们而折服。我开始崇尚幻想，崇尚勇气，崇尚偏执与决心，崇尚一切能让我感到热情的人和事。我开始写作，开始诉说，我的心曾是一座被降下神罚的巴别塔，而今我发誓，我要再次重建它。

这样的日子让我感到新奇，让我觉得周遭的风终于流动了起来，我好像就站在世界的胸膛，我是它跳动的心脏。

可人生从来不是一帆风顺的，所以有时候我也会感到无力。比如走在人群里，我常常感觉喘不过气来，像一块块巨石压在我的心口，让我忍不住想逃离。这让我感到前所未有的孤独，不是一个人的孤独，而是走在人群里，任何人都看得清楚，唯独看不清自己的孤独，这种孤独，都藏在热闹里。

实在太难熬了，我问自己，为什么不离开呢？终于在无数次徘徊后的一天傍晚，我骑车走出钢筋铁骨的丛林，穿梭在灯红酒绿之间，将数不清的热闹统统甩在了身后。那一刻，我感到无比快乐，觉得没有什么能在此时追得上我，我好像先于世界的一切，就连疾驰的风，也只能勉强看清我的背影。我甚至觉得自己重获了新生，不再被苦痛所埋没，如果所有的忧伤和眼泪都成了昨宵，那我便是崭新的今日。

我循着草木的踪迹，循着生机，来到了一个僻静的地方。

在这里，只有风、水、草和树，没有一个人。我看着周围，我感到我的心比宇宙还要空旷，我有着前所未有的平静。有风吹来时，像偶有几只鹭鸶掠过我的耳边，我不可救药地爱上了这种感觉。

那一刻我终于明白，原来人最终还是要走向孤单的自己，离人群越远，离自己就越近，唯有周遭安静了，才能听见自己的声音。于是我又开始用沉默面对这个世界了，但这种沉默并不是从前的无声，而是另一种只与自己诉说的表达。

我沉默，却又更大声，世界只是一颗心的回音，偌大的森林都被我藏进自己的年轮里。

从此我一个人，也有着一场不被外人所窥见的热闹，我比孤独更孤独，却比热闹更富足。

橘

是今山

无论未来多么地让人着迷
也都只是今日的衍生
也都只是今日的复刻

长青

我想，

生命这卷书，

落款应是亭亭长青树。

是今山

那日天地一色，风也被厚雪斟满，

你我在亭中逢会，

举杯开江河满坛，

倾酒染怀也不觉冒犯。

醺然间只言：

"世道艰苦，行路堪难，此次相见后，还望长安。"

彼时，意气风发的他为暮年写下：

"一生风雪憾铁马，春来何日是今山。"

少年

要我说少年啊，

就当独坐悠闲，抱月怀中天地间。

赏明河，弄风弦，卧听雨来，入高眠，

半壶酒悬便舞剑，一个踉跄

更是倾倒满堂花落前。

要开鸿宴，赴春约，恣意逍遥行山巅，

再将意气试剑于霜雪，

落志诗河云汉边。

世态千万，江湖深远，

殷勤嘈杂无须言，

还请泼墨文野，

倾醉于自己的诗篇。

自由诗

你不似循规蹈矩的诗，
倒像是翻云过浪的文章。
你只站在那里，
青春里的每一个字都这般横冲直撞。
是恣意还是张扬？
或者说，
你身后每一阵飞驰的风，
都是自由对世界的流放。

秋日胜春朝

你听见猿声了吧，听见鹤唳了吧，

那就在扁舟上刻下一首诗吧。

不必感伤，不必哀愁，

这眼泪也不必再向青天自首。

这千嶂万仞俱是笔尖，

这诗在哪里都不会被西风唱瘦。

于是你举杯，

将昨宵祝进今日酒，

你说啊这人生，

焉来悲秋？

一骑当千

去向现实宣战吧，就在今天，

就带上少年的眉眼，

和青春这把剑，

在人间的跌宕起伏里跃马扬鞭。

在世俗长野上燎原，

而非被熄灭，

哪怕惊涛骇浪也是我为先，

去吧，就在一场海啸的沸反盈天中，

扬起理想的船帆，

风就是航线。

生命起源

数不清是多少年后，宇宙在破碎中再次重启。

而我听从命运的召唤，

于亿万光年外的星球睁开眼睛。

一切都是初始，没有草木湖泊和海域，

我狂奔赤地千里，从东至西，

却只有皲裂的大地。

直到你携一身大雨踏过碎片来此，

我生命中无止境的旱季，

第一次迎来汛期。

朗朗

少年长风翻滚理想麦浪，
站在现实的湖岸，我是七月垂杨。
纵世有霜野寒江同我兵戈相向，
也不惊我柳叶昭阳。
生命山岗无春光，
我自是穿云朗朗。

叛逆

我不爱顺从，爱骄纵，
爱地貌交错排列，
我一人往最险处走。
爱逆着世界的隐晦情义，短暂相拥，
爱别人顺水行船，我偏偏倒着江流，
爱背着晴日当空，受一场天寒地冷，
我爱我的步履沉重，
因你才频频生风。

浑不怕

我动身随马行尽千山絮雪，

任西风溅染眉睫，乱云击碎银月，

这一生我都愿意为你足靴。

只要一想到你，

我这霜天掸尽的春野，

就还是会摇曳。

不老夏日

如果迟来的六月始终不肯老去，

那扯天的雪，

便该为所有的梅而殉情。

痴似相公者

暗香疏影，冷絮梨花，
你我阁中对坐，痴说扶笔点画。
火炉正沸，嫩雪煮清茶，
倒也算得风雅。

意义不是唯一的意义

我能否推开寒窗，就有清风登堂，

能否跋涉雪野，

就能窥见莺飞草长，潋滟春光。

这么多年来困在书房，

才发现，

最远的远方，却是走在路上。

世人皆说凿壁偷光，

我却想要偷月亮。

行则将至

你是完整，或是碎片，

理想的火焰早已燎原。

我迷茫的少年啊，

你要有所知觉，

长风从不嫌山遥，骇浪也未知水远，

人生沧海桑田，向来信马不由鞭，

这所有的未来，

都是旁人难以企及的今天。

回溯

传说，

只要乘着一颗永远年轻的心，

就能逆着时间回到十八岁的浪花面前。

在那里，

有还未坠于江底的宝剑，

只要不与命运妥协，

就能握到永远。

春天是一种心态

掸去满身风雪，踏过大地的枯槁，
此后你的眼睛便是春花，
你的泪水便是朝露，
脚步以外尽是冬的虚无。
此后，
你走出的每一步，
都是春天破土而出。

何必

生活嘛，本就音律单调而复重，
又何必故步自封，自缚牢笼。
陌上少年啊，
应当题作青山众，而焕意气峥嵘，
再行渊底窥游龙，
照与春风熙攘不休。
一醉便梦吟游九州，浮白载笔，
倾倒三千诗鸿，落花倒也从容。
再趁着酒意浓，去翻千浪的风，
而非死守空城。

无关

我不爱你如同城市般的繁荣，

不爱你的一贯英雄作风，

不爱年少的槐序，陌上的峥嵘，

又或是你山雾外昭然若揭的无尽长空。

我不爱你的出众，

爱不是爱一个人的车水马龙，

爱理应是，

你的平凡，写满我的一生。

年少时

少年的我，

骨子里带些果敢，

会因为大义凛然的话，而泛起波澜。

常觉眉眼高入云端，

不知天下如何浩瀚，

无非是年少意气满，

却好与朝露直闯月明关。

纵然骤雨急，风波乱，

未妨就淋下一身肝胆，

留与背后相照青山。

人生稿本

而命运又像天气白纸，

无论是写下一行暴雨滚石，

还是修出晴空白日，

都难免因此，泪流不止。

也不怪，

我这一生的字，

都在写着一首不确定的诗。

祝词

长安日，
康永健，
梦中时化白鹭，
振翅青天。

任平生

走在人世路，
似行于群峰，
人生无处不风雪，
我当如青松。

春

冬天过后，谁都没再起疑，

所谓的春天，不过是树向雪开炮，

攻城略地，

而后青就跑了几千公里，

一路压过冰丘、雪山，

和无数次冷的夜袭，

适才，递交给你。

从来没有风要临时起意，

是柳压不住自己的少年心。

大航海时代

麻雀是腾空飞鱼，群山是起伏海浪，
暗流就蛰伏在我脚下。
此刻，
我好像站在风的甲板上，
你是哥伦布还未发现的新大陆，
我要率先启航。

挽留

站在千百年前的大漠，

你像是一支来自遥远国度的驼队，

背负着繁荣离去我的西北。

夕阳下你长袖轻甩，

黄沙也拉不住你的衣袂，

只留下一行脚印，

犹待风吹。

我在爱你

可是你沉默，再沉默。

站在你面前，

我好像一块被淹没了的石礁，

等待好久，

也等不到你眼睛的退潮。

暗恋

爱你真是特别，要用半截的情诗，

偷偷地放在你的眼前，

让你看见诗里的乌云、落日，

又或是和谁醉倒在一起的海边，

还有积雪融化在火山口，

苔藓玫瑰盛放在雨季的高原。

如果你补得完，

就让这花啊，开得漫山遍野，

你补不完最好，

这样我才能再爱你一天。

永恒

后来我们携爱跋履山川，

拉着手穿过城市车水马龙，

在无人的荒野上呐喊，

听彼此的心跳盖过风声。

飞到世界的最北地，

和极光一起被时间冰冻。

看纷扬的大雪里，迸发出灿烂的烟火，

看彼此的脸冻得通红，也不觉得冷。

再后来等我们一起白发，慢慢变老，

一起回忆过去，才越来越觉得，

所谓的人生，

无非是由几个零碎的瞬间，

架构出的永恒。

是今山

关于未来，加缪在《反抗者》中有写道："对未来的真正慷慨，是把一切都献给现在。"在距离过去好多年后的此刻，在失去了无数今日的我，才终于明白，过去、当下与未来是同时进行的。

时间无法挽留，像汩汩的逝水般流走，做再多也只是在溪水中堆起石头。很快明朝就会成为今日，今日会成为昨昔，昨昔也将老成遥远的一则怀恋，而我们又在怀恋中失去了此刻，那为何不将此刻好好把握呢？

是的，我们不会再拥有今天了，永远都不会再拥有了，失去才是最长久的永恒，哪怕当下是一株夏末的莲花，有着憔悴的美丽，我们也无法否定它的不可多得。

而不管未来是多么令人着迷，也都只是今日的复刻，也都只是今日的衍生。

我想生命这卷书　落款应是亭亭长青树

　　"生命的六月不会迟到，人生海海，我们都会在
自己的生命里，漫山遍野地绿着。"

　　记得很久之前，我就和朋友讲起说："是不是每一个普通
的人，生来都注定是一个规规矩矩的圈，或许倾注一生努力，
也难能撞出它的边缘。"

　　那时候的我还是一个大二的学生，和多数人一样，看不清
未来的路，而面对考级、考研、考公这些似乎应该写进人生的
选题，就觉着，不做出自己的答案，总归是不礼貌的。

　　于是我每天都很焦灼、很担忧，认为当下的风平浪静只是
一时的假象，浪总会打在我的身上，命运迟早会找上我。或许
在将来的某天，自己还没来得及拨开未来的障目，亲眼瞧见那
片理想身后的无尽蔚蓝时，这个社会就已经迫不及待地想将我

端上桌子，好满足它的一顿饱餐。

那时候的当下于我而言，是天灾的风眼，无论后退或是向前，难免置身暴雨雷电之中。

坐在桌前，周遭静得出奇，一个人想了很久，满脑子都是自己的喧嚣，忽而有风从窗外经过，也只是一瞬间的停留。我在想，无论是谁的生命，是不是到最后都不得不离开，来句读。想到这里，只觉得心传来一阵绞痛，像是被什么紧紧地攥住般，有种莫名的窒息感，是什么攥住了我，是命运吗？

我无法辨认，这令我感到恐慌，我感觉到我的手正控制不住地打战，我的脸上不自觉地多出一道泪流。我满眼苍白，心空缺了一块，却颤颤巍巍地写下："生命啊生命，该是长青。"

是的，其实谁都没有想到，那个叫作"长青"的孩子，几乎是从冰窟窿里打着哆嗦出来的。

再后来，一个暑假的尾末，我因为日子过得实在苦闷，于是约上了几位朋友，一起踏上了去往长白山的火车。不算快的火车像一个野孩子，奔跑在重峦叠嶂之间，我坐在自己的床铺上往外去看，一大片的绿色如瀑布般冲进我的眼帘。朋友在旁边放起了五月天的《倔强》，我也小心地跟着唱和，不敢大声，但我还是感觉我那颗被紧紧攥住的心正在缓缓被松绑，好像自由就要拨在我的心弦上。

"当我和世界不一样，那就让我不一样，坚持对
我来说，就是以刚克刚，我如果对自己妥协，如果对
自己说谎，即使别人原谅，我也不能原谅。"

下站后，天色并不晚，我同朋友在长白山脚下的一个名为"二道白河"的小镇上漫无目的地骑着单车。小镇上没有红绿灯，与世界唱着反调，秩序在这里濒临破碎，自由乘虚而入，一切都散发着盎然的不屈，所有的春天在这里都有迹可循。

没有木讷生硬的机械，没有死板沉闷的高楼，气茂的野草在这里生得坦荡，悠然的风在这里刮得自由。而看着眼前一棵棵挺立的长白松，只觉得，那是一杆杆不愿屈服的长矛，毫不吝啬地刺向天空。连我也被感染，我发现从未如此近距离地感受自己的生命，手里攥着的都是自己对生活的反叛。其实我知道，在我想踏上那列火车的时候，我就已经小心翼翼地攥着了。

我们还有幸得到了天池的青睐，听说一年只有少数日子可以看见天池的全貌。记忆里，水面雾蒙蒙的，像披着一层薄纱，

细风将其吹皱，隐约看起来像淡青色的水绸。站在站台上，云离我好似只有一尺远，有一种伸伸手，就能摸到天空的错觉。我心想，原来一切遥远的地方并非触不可及，原来一切庞然的事物，也可以尽显渺小，而做到这些，只需要一场踏上征程的勇气。

乘车下山后，天不知怎么开始变暗，雨毫无征兆地下了起来，我和朋友都没有带伞，索性破罐子破摔，就在康庄大道上信步地走着，任雨将我们身上淋了个遍。是啊，雨来了，淋就好了，人这一生哪有不被淋湿的时候呢，迟早会被晒干的，想到这里，于是什么都不怕了。

我们在大路上肆无忌惮地奔跑，放声大笑，张开双臂拥抱所有，好的坏的全然不顾。我们朝着天空大喊，用久违的喊声来代替过去的沉默，于是这个世界又多了一种声音，于是这个世界又多了一场反击。

"我想，
生命这卷书，
落款应是亭亭长青树。"

时常感叹，多么漂亮的一首诗啊，可我却在他尚裹褪褓的时候，亲自给他覆上了一滴含泪的白。他出生时便是不幸的，没有"低复举"的倔强，也没有"又一村"的转折，我从来不敢直视他，也不知道他自己在谁也看不见的地方偷偷哭过多少次，也不知道他每次看向自己的时候，是不是满眼都盛着别人的盎然。

我真的不知道，只怪痛苦无法悉数传达，再明媚的外表，也有着一颗悲情的内核。

有时候，我觉得他太理想了，理想得让我有些难过，因为生命的长青，对于普通人来讲实在太难了。可是转念又觉得，人不就是因为理想，才会拖着一身嶙峋走得那般庄重吗？是的，路那么长，人总要怀揣着什么，才好用来擦眼泪。

再后来我又为自己写下《柳色》：

"如今放眼，

已饱餐山黛，

我的柳色，莫要再迟捱。"

坦白地说，《长青》像是我反抗世界时，说出的不知天高地厚的理想和大话，而《柳色》才是我真正面对自己时，哭着哽咽出来的独白。

其实人人都想长青，可成为柳色又有什么关系呢？人生漫漫，我想无论是谁，都会有一场属于自己的春天降临在我们跟前，而我们也都是春天的孩子，都会有属于自己的一汪绿，在那头穿云过水地赶来见我们。而我们，也都有足够的时间去盛满这汪绿色。

既然如此，又何必执着于长青呢？

是的，生命的六月从来不会迟到，我们都注定会在自己的生命里，漫山遍野地绿着。

我的柳色啊，我真的等了你好久好久，现今我已满眼山黛，你也莫要再迟捱。

绿

定风波

再大的雨
也只当作天公作诗的狼毫
我要义无反顾地
写下自己生命的狂草

无题

我不算谁的附庸，也不是某段的支流河，

比起这些，我更想成为一场顷刻间的滂沱，

旷野里乍起的风波，又或是，

唐朝遗风外悬着的唯一月色。

人生本就是一首待写的诗歌，

而他们的文字浅薄，不该被我潦草地印刷着，

所以在我笔下，

一重山有一重山的错落，我有我的平仄。

我谓我

周遭那么挤，万不可画地为牢，
要做就做雄鹰、做虎豹，
趁扶摇而直逼九霄。
青山是我的题字，川河做我的韵脚，
要为自己下判词，
而不是戴上别人的手铐。
人生喧嚣如海啸，
幸而我比天高。

大胆去走自己的夜路吧

这个世界好无趣，

好像每个人都站在别人的山底，

去呐喊着自己的偏激。

他们狂妄，虚伪又浅薄，

明明灵魂腐烂，

还偏偏溅你一身污泥。

他们否定了你的所有，连同山外的任何嫌疑，

对你的沉默兵戈相向，

自以为是地直抒你。

而这个世界从来都是刀风箭雨，

你要闭上你的眼睛，

才能听见想听的声音。

自己的不二臣

我绝不会低头在任何一种风声下，

也绝不屈服于别人口中与我相悖而论的灵魂，

更不会在意命运的喧嚣，

或者旁人的吵闹，

甚至出现在我身上的任何一道划痕。

无论世界的声音怎样招摇过市，

我都不会为谁俯首称臣。

我就要在我的频率里，

和自己完美共振。

寄青山

等到塞外的江流，途经我的河川，

等到月明星辰与我推杯换盏，

再等到一场暴雨，

就淹垮整个世俗堤岸，

生命的海才会掀起万丈波澜。

这天下群峰错落千万，

尽数人不过登攀，

而我生来便是山，

注定东风袭雨起盎然。

奇观

后来见过浩荡云川，

也见过群峰七千万，

他人愈是怵动，我愈是觉得一般。

于是我懒得探海，也懒得寻山，

笔下的鱼群，也只游向自己的诗岸，

碣石山临的海，也为我浪沸波翻，

我是我的骇俗奇观，

无须为他人叫绝拍案。

井窥天

好像你从来只是看见我，

却从未在意过那片平静下，

潜藏着的怒涛惊波，

也从未在意是哪种星体，

架构起的缥缈银河。

你只站在你的角度，低头看我的沟壑，

却迟迟不望我的巍峨。

可我从来都是我，

绝非你眼中的稍逊一色。

总有一天

没有平步青云，也没有一步登天，
但别怕这远方太远。
毕竟大雪也只是生命的其中一面，
就慢慢走到山前，
自然有春光乍泄。
所以啊，你我今日共勉，
终有一天，
熄灭的太阳会再次重生于地平线。

轻舟已过万重山

他儿时负雪，及长又踩着冰，
如今早已霜发嶙峋。
那日他穿戴整齐，
一个人站在时间的边境，
走到碑前为自己立下碑铭。
他说：
"生命举重，有轻音。"

来无妨

戏已开腔，大雪且来无妨，

所有质疑引来的风声都会是我的伴唱。

诸位，

瞧好了今日红装，

皆是我当年噙泪的过往。

即使台下空无一人，

我也持枪登台亮相。

树的意义

我想走近自己，

而不在乎饶沃还是贫瘠。

我可以走进山野，走进高原，

甚至走进一片没有开垦过的荒地。

在这样的春天，

我不必为任何行礼，

因为我知道，

走进森林，

从来不是一棵树存在的意义。

会再见的

是风却要戴上斗笠，是雨却要披上蓑衣，

只恨此身不由己。

三巡酒过，你开口说：

"从此歧路难再会。"

我答以回：

"命运分道南北，我们要殊途同归。"

独行也如众

在狭隘的口舌中前行，
如果要围剿我，
就请围剿我整个生命，
而不单单是我的耳朵跟眼睛，
还有我一颗足以成军的心。
我不再惧怕流言的伏兵，
我有足够坦荡的寂静。

浅尝辄止

被看轻的反而不易被看清，

我可以是孤松、是桃李、是峭壁，

是你浅薄外的任其一。

你的眼光太狭隘了，

怎么读我都半点不及，

你啊你，快收起自己的一览无遗。

诗远比文字更立体，

我远比你看见的更无垠。

昨日泪眼

而当你终于不再执着，
雨也终于将你的十八岁打落。
抬头望向天空时，
你发现昨日仿若云的泪眼，
你说：
"天气干净得像是刚刚哭过。"

我

哪怕我们都是人群中的小部分，

哪怕迟迟不被共振，

哪怕孑然一身，

也要在自己的偏文里，

一骑绝尘。

山外山

我不管别人怎样说，

你是潮湿、荒凉或是晦暗，

我都想背对着那些声音，

亲自去看看，

你身后那阵东风，

吹明的青山。

市井平仄

千年前也有人在此岸边吟作，

鲲鹏击云，虎啸狮吼，

你可曾还记得？

泪涔涔下，

诗从兴中来，又从悲中过，

合该有一轮月色，

将我与你对折。

今夜，

你可要接住这唐朝飞梭？

这诗自顾自地说着，

还是不了。

我该不与李杜合辙，

这里有我必守的平仄。

新

既有东风来，
更有春报时。
辞去昨宵故我、陈人、旧事，
新岁赋新诗。

除夕快乐

我要将今夜套上银鞍，

身如快箭，

赶赴下一场春天。

出发，

在新的青山面前，

旧往皆是苔藓。

朝春去

向前啊向前，

无所谓周遭风雪，

我身体里的每一个铁轨，

都朝向春天。

柳色

如今放眼，
已饱餐山黛，
我的柳色，
莫要再迟捱。

妙笔生花

每一个诗人都有自己的宇宙，

那里没有春夏和秋冬，

植物也不会随时间枯荣，

但只要提笔，

就是宇宙开花的好时候。

本身

我堕入深渊，

正如星星循入黑夜。

除了我自己，

无人能熄灭我的双眼。

丹青

千万次绘形，

都不如写意一次生命。

生命，

是任何人的一笔丹青。

心境

我不会再逃避，我就要站在这里，
直视人生的风风雨雨。
宝刀会生锈，
朱颜不复在，
我却永远年轻，
着眼命运的老去。

千里自同风

我们会分道扬镳，

会踏上各自生命的一程荒芜，

独自走进雪路，

难挨时，请擦去泪珠。

肩有青山草木，

便能与东风同途。

不归船

如若经年之后，狂风仍是不止，

汹涌浪潮终究卷走我最后一滴波澜，

而我也注定投身大海。

不妨今日，

就睡进那惊涛骇浪的船，

任它吟啸，任它悲号，

任它一身暴雨，

我也绝不登岸。

缘由

不是因为坏天气，不是因为枯花枝，
更不是因为山风、明月，
眼泪打碎的旧落日。
只是因为时间不会作词，
我才写下诗。

明日见

生命落在世界的扉页，

她说：

"只要还愿意为明天睁眼，

未来就能被看见。"

十一有感

山河青，四海平，
举国上下普天同庆，
却不见你们身影。
诸位先烈，如若有朝一日，
向后人谈及你们的生命，
我会说，
那是生在混沌宇宙中，
一颗银辉不灭的北极星。

不认命

我们都拼了命地想要呐喊，
咽喉却始终被定数贯穿。
如果说，
人生的这条轨道，
注定要抵达自己命定的车站，
我宁愿停滞在自己的山。

避难所

在现实，

会有骤雨狂风侵袭雾野山岗，

会有春日艳阳倒戈乱雪银霜，

也会有沉寂的海，跌宕起滔天大浪。

世界纷纷攘攘，更是少不了诞妄和疯狂，

自然要容许梦里的火车，

偶尔错轨奔向海港。

脱节

有时候，
我觉得这个世界太过于苛刻，
而我应该像一列脱节的火车，
只留下一个人被革去的一部分，
在孤独的轨道里，
引吭高歌。

戍边将

若这一生注定避无可避，
那便举首折柳，奔赴边疆，
乘劲风而上，化天地为脊梁。
再给我鞍马、长枪，
赤血浸染的夕阳。
这一战，我要成为自己的将，
而非空谈误国的王。

独奏者

难道一个人，就要息鼓偃旗，

难道两个人，生命才会有意义，

难道所有的琴，都需要一个知心。

我才不信，这一曲，我不敬你，

我要孤独拔地而起，

才能成就我飞檐走壁。

我要在这高崖断层上，

离开所有的和音，

只为自己弹得酣畅淋漓。

爱人先爱己

你总是背对看风月，肩披霜雪，

任凭身体里的冰川沿袭心脏，

也未曾想过辞别。

你说你在等一棵桃花树开，

你想用很多很多个日子，

去挑动未鸣的弦。

你说想停下，

停下耳前的荆棘和窗外的雷电，

却又一个人生起了柴火，苦等夜眠。

你啊都忘了，

要在爱一个人之前，

为自己落一场春天。

请拥抱我

身体变得陈旧，

灵魂也年久失修。

一阵风就能将我吹倒，

一场雨就能使我的泪腺失守。

我的朋友，

在我摇摇欲坠时，

你向我拥抱的双手，

足以挽救一座危楼。

命运铁锚

穿蓑戴笠的夜晚，
命运要我靠岸。
可我是海，不是船，
再重的铁锚，
也拴不住我的波澜。

蓝

在北冰洋的海岸，
曾有一只飞鸟将群山啄穿，
只为再次飞回你的眼中，
带走被它遗失过的蓝。

先后

草木不必向山立誓，
青时自青时。
人只有站在自己的文字里，
才会成为诗。

落款

这仅书写一次的生命，

收笔应是长青。

定风波

外界的声音如银竹，从青天之上，落在我的衣衫，可这又有什么好怕的呢？人是注定会被世界淋湿的，也是注定会被自己晒干的。

当下无论是多大烦愁还是忧郁，任何感到庞然的事物，其实放远了去看，都会显得异常渺小。在上苍眼中，青山也作苔藓。

于是解下蓑衣，摘掉草笠，离开斑驳的屋檐，站在完整的天空之下，只带着一颗勇敢的心，走进生命的雨季，无论听见雨啸或是风吟，全然都是生命的韵律。

再大的雨，我也只当作天公作诗的狼毫，我要义无反顾地，写下自己生命的狂草。

凡坚硬的都易碎，凡柔软的都坚强。

"金子怎么样，尘埃又怎么了，再小的波浪，另一端也拴着大海，我才不要当那个背叛者。"

已然不知过了多久，命运早早就在时间的冷雾里起身，青藤葳蕤，细雨连理，像你在十七岁的连廊尽头望见他时，一双刚刚流过泪的眼睛。

二○二一年六月上旬，天雾蒙蒙，黯然得像一块沉寂的琥珀。我坐在一座小岛上的一间教室里，望着窗外的暗青色，听着阴雨的间隙，人声夹杂着雨声混进脑海，意识宛若浮标，飘忽不定。风吹来，翻动桌上的书本，一页，两页，浑然不知，这里将会是我生命里的第一盏长亭。

终于是走到了这天，我望着窗外，长叹一口气，像刚刚拧开的一瓶苏打水，甘心将自己放空。心里没有感到任何的难过和沉重，甚至我觉得，这样的一天会比以往的任何一日都要轻快得多。

翻动着语文课本，看着这三年来日夜死背的文章，一字一句仿佛都刻在眸子里，一闭眼，我就与它们在虚无中对视，再一睁眼，就毫无征兆地闪到了今日。

那时候，时间像是一方平静下的暗流，有着不被察觉的波涛汹涌。在十七岁以前，我一度认为，今天会比未来的任何一天都要遥远，日子一天一天地过着，钟表一圈一圈地轮回，我不知道是什么支撑着我，但我此刻，的确站在了这里。

想起去年北方的一个冬夜。那晚天空零星飘着雪花，将本就低矮的云扯得更低，看不见月亮。我独自一人走在深到脚踝的雪地里，良久。呼啸的风刀从我的脸颊、手腕、脚踝以及一切裸露的地方割过，我蜷缩在雪地里，暗哑地哭着。血液在我的皮肤下沸腾，被烧得滚烫；我感到我的心脏被什么所牵引着，因什么而挣扎着；我感到我的喉咙被无数剑鱼所贯穿，想大喊却发不出任何声响。我能清晰地看见，白色的雪花，落在时间的鬃毛上，风用力地吹着，却是一动不动。我看见路灯斜斜地打下昏黄，我感到，影子有着比身体更温软的真实。

那是我去看医生的前一天晚上。

十七岁那年，我送走了自己太多的天真，尽管那时的命运有着一种尚未被雕琢的美丽，但也没有办法阻止我的老去。原来，灵魂也会生病，它也有着自己的早衰。

那一晚，我失去了我的所有，连着我的诚恳和我的相信。我感到麻木，感到不知所措，我随时都淌着泪，随时都有可能窒息，我大口呼吸着，我悔恨，却又无能为力，我痛苦，却没有办法结束自己。我像是一封待被宣读的遗书中，那个没有被用力擦干净的字眼，不足够沉重地被写进去，也算不上轻快地被擦干净，就这样半隐地存在着，有着不易被看清的触目惊心。

一想到这里，我的心就不觉地泛起凉意，就好像多年前刚入雨的一个早春，一个人窝在不开灯的卧室中，从冰箱里拿出的一小颗冰提吞进嘴里。

只是觉得此刻的天空更加阴沉，慢慢有雾升起，将本就不光亮的教室挤得更小些，我感到自己被压得喘不过气来，于是不再坐在自己的座位上，起身不动声色地走出教室。走廊中，三三两两的人提着大小行李有一搭没一搭地聊着，在昏暗的环境里等待着学校广播的最后通报。透向窗外，我看见一座远山影影绰绰地矗立在北方，模糊得让人看不清它的全貌，被遮掩得似乎抱着一面琵琶。

那时候的未来，是未知的，谁都不知道会是怎样的，于是关于未来的一切，无论喜乐还是忧愁，都只存在于人们虚无缥缈的想象中。那时候的我们不知道天高地厚，以为当下的不如意，都会在未来低垂的仁慈面前显得不堪一击，就像在《另一种选择》中说的那样："如果必须坠落，就让我坠落，我会成为的那个人，一定会接住我。"

于是那时柔软的我，格外乞求着我的未来一定要先一步找到我。我会坚强吧，我会幸福吧，我会不再孤单吧，我会抛开一切重新开始吧。望着那座半遮面的远山，我不断问着自己，我渴望着，我祈祷着，如果这个世界上真的有神明存在，能否偷偷告诉我这些答案？

就在这一声声的祈祷中，广播里传来了三年来最后一响的通报，随后就是一阵窸窸窣窣，不知道是谁在走廊里高喊了一声："毕业啦！"短暂的沉默后被替代的，是迸裂出一声更比一声的震耳欲聋。我看着周围，像是做了一场好长好长的梦，而此刻，我就快要醒来了。

收拾好行李，班级一个接着一个，我远远地透过门窗看见那个曾写满我心事的座位，如今却空着，心里像涨了三年的潮水，一瞬间全然退去。我想到，它是不是以后就要写满别人的心事了？

我想起高一时，自己常常一个人走在路上，想象着和未来的某个自己说话，因为太孤单了，慢慢地竟成了习惯。我和他们聊了很多，从小时候聊到少年，从少年又掩泣到中年，又从中年阔谈到老年，有时聊着聊着便大笑，聊着聊着又痛哭。我们好像在并不交错的时空中真的能相互感受到，或许是因为每个瞬间的爱和恨都太过深刻，才让我们短暂地共享了疼痛，我们好像是游离在各个平行宇宙中的同一根神经，有着同一个早夭的神经元。

那我的此刻，会是他们的过去吗？我也决定着他们的未来吗？他们会责怪我吗？我突然感到有些后悔，后悔没有将我的快乐和悲伤尽情地镌刻在青春的碑石上，而如今要远行的时候，才发觉空空如也。我问着自己，在这三年里到底是什么框住了我，才让我变成如今这般模样，敏感、脆弱、沉默寡言，将自己的躯壳活成一件单调的艺术品，将自己不可混淆的灵魂流放到过去的虚无里，再不相认。

明明手里握着最上等的兵器，却情愿缴械投降。一定要这样吗？就非得这样吗？金子怎么样，尘埃又怎么了，再小的波浪另一端也拴着大海，我才不要当那个背叛者。

毕业后，我开始审视自己，审视自己的曾经，审视自己的一切，我看着它们，我的瑕疵和我的破碎，我决定不再逃避，我要直视它们，就像当初它们直视我那般，我要注视深渊，哪怕深渊注视我。而那些曾经被我毅然决然丢弃的一切，我的爱恨，我的烂漫，我的天真，还有我的决心和勇气，我都要一点点捡回来，我要告诉自己，这无关外界，我就想让自己明白，这些从来都不是无用的东西，反而这才是真正证明我还鲜活的证据。

我要走到曾经的自己面前，掷地有声地、铿锵有力地告诉他，那些不曾被你认可的过去，是我们现在的承认。

后来的一段时间，我经常梦见过去的自己，梦见他一个人走在路上，和我说着他的小小烦恼。他哭，我就安慰着他，他笑，我也跟着笑，没有人愿意成为他的朋友，我就成为他的朋友，我不会指责他，也不会埋怨他，我要做的唯一一件事情就是拥抱他，我要将我的心贴近他的心。我想让他知道，那些年少曾在沙滩的贝壳里偷偷留下的呓语，其实并没有在潮起潮落中被时间的海浪卷走，而是被现在的我再次捡起，放到耳旁悉数倾听。

在梦醒的时候，他抓着我的衣角跟我讲，让我不要忘记他，千万不要忘记他，可我又怎能忘记他呢，他是我的笑容，是我的眼泪，是我每一个日夜都魂牵梦绕的曾经。

于是我无比相信，世界上肯定有一条溪流，名叫命运。在这条溪水里，流淌着的，是你的泪水，而泪水又有着你的过去，你的过去又藏匿着你的爱恨，你的爱恨又裹挟着你自己，在寂然的时间山林里，流向另一处悱恻的溪水，因此我和我十七岁的命运，就此相连。

凡坚硬的都易碎，凡柔软的都坚强。

二十一岁的我坚硬，却也有着自己的易碎；十七岁的我柔软，但也有着自己的坚强。有时候我会想，是否会有这样的一个连廊，连接着我和我的十七岁呢？

或许是存在的吧，就在某个被我遗忘了的梦里，确实存在着这样的一个连廊。在紊乱的时空乱流里，在两个永不交接的平行宇宙中，有两座摇摇欲坠的楼阁，而在这两座楼阁的中央，就连接着一条命运连廊。

廊外细细的冷雾流动着，有着不能被预见的朦胧，潇潇风雨拍打着楼阁，缓缓摇曳，浓郁的不真实感弥漫四周。我站在连廊的一边，恍恍然，看见了自己的十七岁，看见那双正流着泪的眼睛。

只是一反常态，我们什么都没有说，就单单看着对方，用眼神的交融代替拥抱，因为我们都知道，不管未来到底是残忍还是仁慈，是逼仄还是宽阔，我们都会始终如一地，照见彼此。

是的，我们存活了下来，但这并非一种代替，又或是一种取舍，而是我们带着彼此都存活了下来。

橙黄橘绿时

亲爱的旅人啊
勇敢些，再勇敢些吧
这样风华正茂的好日子
就快要结束了

[2022 年 12 月 28 日　半截的诗]

把你写在断了笔的诗行间，此后你启唇的每一言，都是我辗转难眠的春天。

[2023 年 1 月 31 日　平庸者]

借我一支青山笔，足够我荡开万籁春色。

[2023 年 2 月 8 日　悖论]

爱若此消彼长，你会是我永远的月亮。

[2023 年 6 月 25 日　反锁]

直到飞鸟不再向爱有所求，天空才愿意伸出双手，展翅高飞吧，我的自由!

[2023 年 7 月 16 日　自言自语]

如果我下辈子还能遇见你，我要把我的脉搏、我的呼吸，都融进你的生命里。

[2023 年 8 月 29 日　吃坏肚子了]

在秋风里吃西瓜，能不能抓住夏天的尾巴?

[2023 年 9 月 4 日　直视]

　　谁敢直视伤口，拨开淋淋的血与肉，谁就更自由。

[2023 年 9 月 13 日　长青树]

　　生命，是无数次落雪也遮不住的青。

[2023 年 9 月 13 日　客死他乡]

　　后来山外灯红酒绿，你再也没来过我们山中旧居。

[2023 年 10 月 5 日　寄生]

　　生命是寄生在爱身上的。

[2023 年 10 月 9 日　梅子酒]

　　少年爱夏日长空，胜过一瞬惊鸿。

[2023 年 10 月 19 日　更伟大的事]

　　你不要待在这里，你的一生快雨淋漓，不在我的朝夕。

[2023 年 10 月 23 日　还是迟到了]

　　因为生病，好久没有出门散步，学校里的银杏叶早已变成了金黄，风一吹，漫天都是，我站在人潮中央，突然想到一句："北方的十月没有迟到，迟到的是我。"

[2023 年 10 月 29 日　雪中送炭]

爱一个人，要赶在春天盛开前。

[2023 年 10 月 30 日　莫要迟捱]

纵有山木千万颜，唯我柳色不负春。

[2023 年 11 月 5 日　安静到能听见你的呼吸]

爱是神明，在你我瞬息间架构出的永恒。

[2023 年 11 月 13 日　今生也漂亮]

今生流泪灌溉土壤，来世要开得漂亮。

[2023 年 11 月 13 日　慢热]

那时你走得急，甚至没有给我时间说出那句，我爱你。

[2023 年 11 月 16 日　鼓足勇气]

篝火燃尽，你的眼睛藏星，璀璨过我的生命。

[2023 年 11 月 21 日　破碎是我爱你的理由]

有一个读者给我留言说："所以被爱的前提是漂亮吗？爱
是下意识的自卑，爱是无法接受自己的残缺，爱是告诉自己再
完美一点，爱是一条缝隙，怎么补都不太齐全。"

我："其实爱就是爱不完美的本身。"

[2023 年 12 月 6 日　想和自己长久地坐在一起]

想簪花，想跳舞，想描红装登台唱戏，想躲在边陲小镇里，在夏日的天台上开瓶梅子酒和自己坐着，直到落日闭熄。

[2023 年 12 月 9 日　宿命]

原来人和人的纠葛，不是只靠制造机遇就能求来的。

[2023 年 12 月 10 日　我更在乎你的感受]

一生为己见。

[2023 年 12 月 14 日　阴雨连绵]

想在胸口别一枝玫瑰。

[2023 年 12 月 18 日　爱是不迟疑]

爱不是举棋不定，爱是一锤定音。

[2023 年 12 月 23 日　纯爱就是最伟大的]

步要慢慢散，饭要慢慢吃，一切都要慢慢地，连爱一个人都要慢慢地，我要慢慢地爱上一个人，慢慢地爱上自己。

[2024 年 1 月 2 日　彼此]

迄今为止，世界早就写满了字，而我却如一张白纸。你问我说羁绊是什么意思，我说："羁绊的意思，就是我们在各自人生的白纸上，彼此着墨点词。"

[2024 年 1 月 7 日　晚风]

我爱的是那片黄昏，和说要一起走就走到永远的人。

[2024 年 1 月 25 日　记得爱自己]

每次看见你的破碎，我都会很难过，因为我觉着，你这样好的一个人，应该是用来珍藏和厚爱的。

[2024 年 1 月 27 日　干杯]

杯中无好酒，何以祝东风。

[2024 年 2 月 6 日　想看一场烟花]

人生浩瀚宇宙，爱只是一枚小小星球。

[2024 年 2 月 19 日　不掺杂质]

想变成哲理书中唯一的"爱"字，然后干干净净地属于你。

[2024 年 2 月 22 日　空空的窗]

他走过自己的半生，只为在你的窗前放上一朵你心爱的花，他说，那是他最满足的时候。

[2024 年 2 月 22 日　允许你明媚连同你的悲伤]

我爱你，连同你在每一个晴天里泪流的雨。

[2024 年 3 月 5 日　别忘记]

记忆是时间的遗物，而我爱你是时间的遗嘱。

[2024 年 3 月 12 日　你自己也是星星]

爱多如天上繁星，却无一枚流落进我的生命。

[2024 年 3 月 17 日　旧棉袄]

我知道的，你并不是怕被一个人困住，而是怕困住你的不是幸福。

[2024 年 3 月 23 日　爱就是心疼]

爱是你下过一场雨，却在我的湖里泛起涟漪。

[2024 年 3 月 28 日　我真的很笨]

其实大多时候爱都很愚笨，所以爱并不是不言而喻的，而是你表明何为你所求，我才有所知的。

[2024 年 3 月 31 日　碎掉的玻璃杯]

我诚恳地怜爱着一些人，我愿意将他们的破碎反复读阅，我愿意不计条件与代价地去共情，去理解，就算最后我只能感知到其中的冰山一角，我也情愿。因为我知道，或许这些苦难在别人看来根本不值一提，但我也仍旧相信着，只要一个人的生命里还飘着一片雪，他就还活在冬天。

[2024 年 4 月 10 日　别沮丧]

我怎样才能让年轻的你明白，人的生命不会一直驻足于六月，到底要我怎样你才能明白，生命有盛开就必定有风雪。

[2024 年 4 月 10 日　不要欺负自己]

你不一定非要去成为那个规则的圆，也可以是畸形的月亮。

[2024 年 4 月 28 日　一杯热水]

我应似一朵温顺的莲走进你的夏天。

[2024 年 5 月 1 日　下游]

有你在的地方就是世界的边界，而我相信，我们必定是时间也走不尽的永远。

[2024 年 5 月 2 日　车后座]

黄昏，我见远山影影绰绰，轻风徐徐向我吹来，我感到，我的眼泪正流进风里，夕阳如一团火焰正燃烧在我的眉心。

[2024 年 5 月 7 日　十八岁]

那时还年轻气盛，以为在陆地上起航，每座山都会为我翻浪。

[2024 年 5 月 7 日　爱存在]

我们都在爱里东躲西藏，却始终仰望着月亮。

[2024 年 6 月 21 日　登基]

此刻，我感到我的头顶有飞鹰盘桓，我仿佛能看见，在更远的远方，命运正编织着峥嵘桂冠。

[2024 年 7 月 5 日　见字如面]

如果爱能透过时空灌注笔尖，无论何时你看见，此刻我们见字如见面。

[2024 年 8 月 14 日　拧巴是爱的南辕北辙]

我爱你，你不要不说话。

[2024 年 8 月 20 日　物是人非事事休]

来人去，来人去，偶有新燕啄新泥，不知曾是旧人故里。

[2024 年 8 月 31 日　秋天的稻子]

这个世界不缺精神食粮，是爱在闹饥荒。

[2024 年 9 月 6 日　风]

到后来我才知道，这个世界有多辽阔，我们就有多容易错过。

[2024 年 9 月 30 日　记忆]

过去是时间燃烧现在后所产生的灰烬，我记得是它的余温。

[2024 年 10 月 6 日　前提]

眼中无春色，无以见山青。

[2024 年 11 月 25 日　咔嚓]

当爱出现在镜头里，痛苦便会失焦。

[2024 年 11 月 27 日　找回]

成长就是补缺曾经我们遗失的那一部分。

[2024 年 11 月 28 日　湖]

　　有音乐，有文字，有孤独，我并不痛苦，也不幸福。

[2024 年 12 月 5 日　你可以是你]

　　可为什么，非要让一个敏感的人变得坚硬呢？我不懂，明明更柔软些的土地更容易盛开花朵。

[2024 年 12 月 12 日　自救]

　　有力量的从来不是文字本身，而是你那颗仍在跳动并渴望被共振的心。

[2024 年 12 月 15 日　下雨也是好天气]

　　有时候觉得，有爱总是好的，但有时候又觉得，没爱也不错。算了，都是很好的生活。

[2024 年 12 月 17 日　羊角锤]

　　而爱是一把羊角锤，错误的爱将人钉住，正确的爱将人拔出。

[2024 年 12 月 17 日　湖泊]

　　时间也曾在你身上沉默过，你是我生命中唯一不愿流动的河。

[2024 年 12 月 21 日　没加盐的蛋炒饭]

日子，多是闲愁。

[2024 年 12 月 23 日　触景生情]

今天坐出租车路过学校门口，突然想到一些事情。在高中时期临近毕业时，总喜欢和朋友在晚自习讨论高考完一起去哪里游玩，但最后都会因为各种原因不了了之。现如今，哪怕家都在一座小到不能再小的小岛上，如果不刻意见面，甚至都不会遇见。因为红绿灯，停了片刻，我望了很久以至于失了神，想到学生时期那些朋友，现在甚至连联系方式都没有了。我记性不好，因此我不是个擅长怀旧的人，但难免，触景生情。

[2024 年 12 月 23 日　三月的旧棉服和短袖]

敏感的人总是这样，感受冷要比初冬早一些，感受热要比四月更迟疑一些。

[2025 年 2 月 1 日　唉]

非我不肯春，只是天欲雪。

[2025 年 2 月 2 日　玫瑰]

《小王子》里说："要和一个人产生羁绊，就要承担掉眼泪的风险。"我不愿看到你掉眼泪的模样，我会心疼，我不愿你这样，所以我来找你了。

[2025 年 2 月 3 日　玻璃里的藏品]

朋友跟我说，和喜欢的人聊天要放松，要松弛。我在想，他肯定是被爱的那一个。

[2025 年 2 月 4 日　爱]

爱不需要用谁的牺牲来认证它的伟大，因为爱本身伟大。同样爱也不需要用生离死别来烘托它的不可多得，因为爱本身不可多得。

[2025 年 2 月 5 日　我深知自己不是一个幸运的人]

我是一个悲观者，因而想象美好对我来说是一种奢侈。我习惯难过，流泪，习惯一个人偏安一隅，我时常想象我是短命者，而非长寿人。我习惯在一种不确定的境遇中放大悲伤，习惯在模糊的人生里寻找一个确定的期限来结束自己。

可我又同时崇尚幻想，崇尚勇气，偏执与决心，崇尚一切能让我感到热情的人和事，因而我矛盾。

二〇二五年二月初，我遇到一个人，我想好好对待这段感情，不愿让这段感情受到委屈。我深知自己不是个幸运的人，但我还是祈祷着某些事情，例如残忍不要降临得太快，例如幸福不要与我如风般擦肩，例如这段感情也不要太委屈我。

[2025 年 2 月 6 日　按门铃]

如果有一天我开始赞美世界、拥抱世界，并不是我觉得这个世界更值得被爱了，而是我遇见你了。

[2025 年 2 月 12 日　我爱你]

如果你是回避型依恋，我愿意成为你的引导型恋人。

[2025 年 2 月 13 日　金刚石]

我相信我一定会变好，变得更好，然后幸福，我相信死了，我要让以前看不起我的人都后悔，让爱我的人都骄傲，我要幸福这件事情上我绝不后退。

[2025 年 2 月 14 日　掉眼泪]

和朋友坐在公园，仰头看天空。

"唉，你说天空为什么是蓝色的？"

"没有为什么。"

"那是为什么？"

他说："有些事情就是不需要问为什么的，天空是蓝色的，因为蓝色是大气分子对日光散射产生的颜色，这并不需要解释，你或许可以用一些科学的角度来分析它为什么是蓝色的，但我认为这不是你该在意的事情。"

"那什么是该在意的啊？"

他想了一会儿，看了我一眼又转过头去说："嗯，比如你今天好好吃饭了吗？你过得开心吗？你会因为我在你身边幸福得掉眼泪吗？你会像我这样在意你，而在意我吗？"

"会。"

[2025 年 2 月 16 日　胆小鬼]

其实我对你的喜欢，心里有十分，却只敢讲六分。我是胆小鬼，怕太多，你会跑掉。

[2025 年 2 月 20 日　真话　情话]

今天不知道为什么，总是很想你。嗯……这不是情话，是真话。

[2025 年 2 月 21 日　情话　真话]

因为喜欢你，这次是情话，也是真话。

[2025 年 2 月 22 日　沙漏]

他们说，幸福能让人江郎才尽，我愿意。

[2025 年 2 月 23 日　私心]

其实很多事情我都明白，但还是希望你能拥有一个安稳的幸福，让心有个落脚的地方。我希望你可以是真的开心，而不是一个人偷偷躲起来难过，你要永远永远平安顺遂。还有，我一直相信你是一个很好的人，认真的，没有说谎。

[2025 年 2 月 26 日　发霉的枕套]

做了一个悲伤的梦，难过得想掉眼泪，但今天阳光真好。

[2025 年 2 月 28 日　触摸却又收回的手]

说爱感觉太假，说喜欢又不够热烈，嗯，我想在命运的可控范围内和你长久。

后记

一

我一直很期待写这个部分，因为可以畅所欲言，不需要太多的技巧与手法，只需要将一颗真挚的心贴在另一颗真心上，就能感受到彼此的温热。这一刻，我真的等了好久好久，这些年，我有太多话想和你们说了。

我从来没有想过自己会有这一刻，从小到大，我都是在扮演着一个不被看好的小孩，仿佛鲜花和掌声天生是和我没有缘分的。而现在我真的没想到会走到这一步，真是不可思议。我和我的编辑陈晓姐姐说，我想走得更远些，她和我讲，如果你愿意，肯定可以。她好像对我从来都是有一种莫名的自信，这让我有时也被她感染，说起一些不知天高地厚的大话，变得勇敢。在写稿的时候，我经常会写到崩溃，一直都是陈晓姐姐鼓励我、开导我。她和我说，整个世界都不是一个规则的球体，要那么完美干什么？其实我一直是一个拧巴、敏感的人，不懂得如何放过自己。这样的状态，持续至今也没有完全消散，而你猜不到的是，我刚刚才大哭过一场，所以我一直很感激有她陪在我身边。

哈哈哈，讲到这里，感觉自己真的好懦弱。从十七岁到现在的二十二岁，我都记不清自己到底哭过多少次了，有时候我都嫌弃自己，一个大男人，哭那么多做什么，可就是忍不住。太幸福了想哭，太委屈了想哭，太痛苦了想哭，太怀恋太难挨了都想哭，情绪来的时候，忍都忍不住，那就索性哭好了，反正没人看见，不丢脸，别一个人欺负自己就行。

哭得最动情的一次，还是去年在杭州参加惊竹娇的签售会后回到酒店的时候。那天晚上我收到陆萱姐姐给我发来的照片，是读者拍的我。拿到的那一刻，我忘记了自己当时到底在想什么，只是眼泪唰地一下就往下流了。我从小就恐惧镜头，不愿面对镜头，像一个迟迟不肯承认自己的孩子一样。所以收到照片的时候，我是真的忍不住，就像一直吃苦的人，第一次有人给我递糖吃。我想我一辈子都不会忘记那种感觉。

小时候的我，会一直羡慕别人，羡慕他们手里好像一直捧着鲜花，头上一直戴着桂冠，羡慕他们天生备受瞩目，被喜欢、被包围、被好好爱着，羡慕他们振臂一呼，身后就有千百个回应。这些在我身上，是几乎看不见的，我……是真的很羡慕。所以，那时候的我一直在逃避、在躲闪，在背叛来临之前，先自己离开，这样我就会觉得，难过什么，这是我自己的选择。但其实大多时候都是一个人缩在角落里，默默看着光明那一面的其乐融融，以至于走到现在，眼里也总是充盈着别人的"漂亮"。于是时间将我装束成了一个精致的哑巴。

但杭州那次，第一次让我觉得，原来我也是别人眼中的"漂亮"。

哭这个毛病，肯定不是我儿时就有的，因为我母亲告诉我，很久以前，我还在她怀抱里时，也是个被喜乐眷顾的孩子。我半信半疑地说："别扯了，我不信。"虽然嘴上这么说，但我也还是希望自己曾经是个快乐的孩子。之所以说不信，是因为那时候的我几乎快忘了，真的开心到底是怎样的情绪，心又会有怎样的感受。我常常在夜里问自己，哭到底是不是我后天患的一种绝症？我无数次地问过自己，我羡慕了那么多次别人，究竟什么时候能看向一样漂亮的自己呢？我问自己，一个人究竟要流够多少泪，才足以流出一池湖水，好在投出目光时看向倒映的自己。说实话，我至今还没有看见，但迟早会看见的吧，我这样安慰自己。我擅长遗忘，很多以前的事情我都记不大清了，也不爱记录，写稿子时每每回想，都感到力不从心。其实这是件好事，忘记痛苦也算救了自己。可也会因为觉得过去太苦了，现在的自己就情不自禁地落泪，好奇怪的感觉啊，明明都忘了的，为什么还会流泪呢？为什么还会伤心呢？那一刻的疼痛是从前的他还是现在的我？可能是太久前的泪没有流干吧，而现在溢出的，都是晚来的潮水。

上大学后，过去的事情很少提了，我也在自己热爱的领域里有了些获得感，我常常觉得这样很酷。那时候我特想见一见自己的十七岁，我想给他抹眼泪，告诉他："我没有给你不争气，真的。"这是我写《凡坚硬的都易碎，凡柔软的都坚强》的初衷，在这里想借用《另一种选择》中的一句话："如果必须坠落，就让我坠落，我会成为的那个人，一定会接住我。"

所以你一定要开心啊!

二

其实陈晓姐姐很早就找过我了，但那时候我忙于学业，才会拖到现在，而约稿合同确实是很早之前就签了。我那时候特疑惑地问她："你这么早找我签合同干什么？"她回我："怕你跟人跑了。"真是被她搞得哭笑不得。我那时候觉得，我也不至于这么抢手吧……但后续的确有很多出版社来找过我，可鉴于我秉性善良又纯真，不失风度又有责任感，都被我接连婉拒了，但找过我的出版社都很好，因为这件事也让我小小地骄傲了一回。以至于每次和陈晓姐姐因为意见不统一而争执的时候，我就会说："是谁？是谁最坚定地站在了你的身边？又是谁为你拒绝了所有人？请大声地告诉我！"她每次听完都非常无语，我也很想笑。真是没想到啊，你也有今天。

至于书名为什么叫作《一重山有一重山的错落》，一方面算是感激吧，另一方面我真的想告诉大家，这个世界之所以绚烂，并不是因为某个人的付出，而是所有人的功劳，正因形形色色的你们，才让这个世界变得这么有趣。这个世界缺了谁，其实都是一种损失，相信我，真的。

所以无论是谁，都不要轻易地妄自菲薄，我不许，你也不许，因为一重山有一重山的错落，你也有自己的平仄呀。

这本书情诗占多数，但这些都是写给我自己的。那现在呢，都算是写给你们的了。如果你到现在还没有收到过情诗，那这些都算作我送给你的礼物吧。如果你在感情里受过委屈，那么就让这些情诗贴近你的左耳告诉你，你并不愚笨，敏感也不是你的错，你只是太善良了，所以你才会常常感到难过。但你千万不要和这个世界联起手来欺负自己，这是不对的。不必责怪自己，你一直都很棒，自己一个人走到现在很厉害，你一直都是值得被珍爱和被收藏的。

而我写《春踱步》的初衷就是想告诉你："爱人先爱己。我希望你日后所有的爱，都是以自爱为前提。"

三

谈到"爱"这个话题，我一直不知道怎么形容，可能是因为自身没有经历过吧。但我身边的朋友们，似乎都在所谓的"爱"里发生过磕碰，这让我更加恐惧"爱"。毫不避讳地讲，我是个名副其实的胆小鬼。

有次深夜，我和朋友通电话，谈论到了"爱"这个话题。他问了我一个至今我无法回答的问题："你拥有爱与被爱的能力吗？"我说我不知道，我甚至没有谈过恋爱。他又说："你知道吗？在我身边所有人中，我觉得你应该是最拥有爱人能力的，但我感觉你好像并不幸福，所以我认为，你或许没有被爱的能力。"他接着又说："在你身上，我能感受到一种很温柔的力量，让人想靠近的那种，很舒服，我很羡慕你。"听完我沉默了很久，因为我想到，可能正是因为这种性格，才让我在学生时期过得如此痛苦吧。那一瞬间，我不知道在想什么，有点空白，又有点想哭，原来这种性格是优点啊，温柔，听着真不错。

后来我们聊了很多类似的话题，聊到凌晨互道晚安，最后一句是："一定要幸福。"是啊，一定要幸福不是吗？人这一生图的不就是这个吗？

年初，我认识了一个人，很喜欢，想试试，尽管感觉希望渺茫，可我就是想试试。我要趁自己还天真，还年轻，将这颗真心毫不保留地放在喜欢的人面前，放在这个世界面前，向所有的不可能宣告：任你们拉下铡刀，我这颗心也不会就此潦倒。这无关值不值得，就是怕有一天后悔了，后悔为什么没有勇敢些，再勇敢些。我不愿后悔，后悔等同于背叛，而在我这里，背叛自己要比失去本身可怕得多。

如果这里凑巧被你看见了，我想对你说："我喜欢你，是真的不能再真的一句话。"虽然已经说过很多次了，但在这里说的意义总归是不一样的。或许结局并不如愿，但你也不要说这不值得，因为在我这里，无论怎样都值得。就像《小王子》里说的那样："想要和别人制造羁绊，就要承担掉眼泪的风险。我们不怕掉眼泪，但是，要值得。"

当然，我也祝福看到这里的大家，都幸福、都美满。或许此刻你正在失去感知幸福的能力，或许你已然对周遭微小的美好事物失去诚恳，又或许某天连死亡也惊动不了你的那颗平静的心，但还是不要难过，要去相信，相信总有一个人会把幸福捧在你的眼前，就像刚下班时捧着花店里最后一簇鲜花那样，告诉你这就是爱的全部。

你也不要因为自身的缺陷而否定自己，毕竟人正是因为瑕疵和弱点才会被爱的，爱你的人会爱你的笨拙，远胜于你的轻盈。在爱里，不完美的用处只有一个，就是让爱你的人又多出一条爱你的理由。另外要明白，爱不仅仅由幸福和快乐组成，还包含眼泪、疼痛和责任。我想世界上那么多人，就是为了让彼此不那么容易找到，然后用这份不容易，让我们知道，遇见彼此是多么幸运的一件事情。所以，如果相爱的话，记得不要让对方受委屈，爱可以是无声的，但绝对不可以是沉默的，因为沉默永远是爱的南辕北辙。

爱永远是勇敢者的游戏，但胆小鬼也会因为爱而自愿穿上铠甲，冲锋陷阵。我觉得这是爱最可贵的地方。爱会让人变得勇敢，而勇敢是人类最难得的品质之一。我也终于明白，人之所以不会被打败，是因为在深冬里，心里总会有另一个人在扮演着一个"不可战胜的夏天"。那个地方，郁郁葱葱，风华正茂。

　　写到这里，是写下了一个最为天真的自己。我深知自己是个悲观者，因此我知道，总有一天，我会真的真的对这个世界失望透顶，而选择放弃去感知、去表达。但我还是希望，那时候的他能看在这本书的分上，看在我的分上，不要背叛自己。我永远会是你的回头路，永远。

　　你要记住，所有的真心都不是为了毁灭才存在的，所有的真心都是为了拯救才存在的。

　　到此，就是我想说的全部了。祝大家都幸福，都是真的开心，而不是偷偷难过。希望有一天，你也可以不再是台下流着眼泪的那一个，而是在台上被幸福包围的那一个，届时，我会为你鼓掌。

　　我们，下一本书见。是真的希望有下一本书，你也要真的真的开心啊。

2015.2.26

235